W9-CFU-365

Coordinador de la colección: Daniel Goldin
Diseño: Joaquín Sierra, sobre una maqueta
original de Juan Arroyo
Diseño de portada: Joaquín Sierra
Dirección artística: Mauricio Gómez Morín

A la orilla del viento...

Liliana

CARMEN POSADAS

ilustraciones de
Enrique Martínez

Primera edición: 1995
Primera reimpresión: 1996 2ª reimpresión, 1996

D.R. © 1995, Fondo de Cultura Económica
Av. Picacho Ajusco 227, México, 14200, D.F.

ISBN 968-16-4680-0
Impreso en México

bruja urbana

FONDO DE CULTURA
ECONÓMICA

❖ ÉSTA es Liliana. Ya, ya sé que es rubia, viste vaqueros y escucha música rock, pero aun así ella es una bruja. Lo es aunque viva en un departamento muy mono con los balcones llenos de geranios. Lo es aunque en vez de escoba tenga aspirador y que para hacer sus pócimas mágicas no use sapos, culebras y cosas así sino simples pastillas de caldo. Y es que Liliana es una bruja de ciudad.

Todas las mañanas se levanta temprano, limpia la casa, riega las plantas y luego sale a la calle a hacer la compra.

—¡Qué tarde es! —dice Liliana consultando su reloj digital—. No sé cómo me va a dar tiempo de comprar leche para mi gato.

Gómez, el gato de Liliana, es muy fino. No se parece nada a los gatos de los cuentos de brujas. Tiene un pelo suave y sedoso que lava a menudo con champú. Además, para no constiparse, usa un abrigo de lana muy elegante y sólo come comida enlatada porque es alérgico a todo, especialmente a los ratones.

—Vamos, Gómez. Te llevaré conmigo al supermercado —le dice Liliana.

Pero Gómez casi nunca quiere ir. A esa hora pasan su programa favorito en la tele, así que dice:

—No, miau, muchas gracias —y se queda tumbado en un sofá. Entonces Liliana se va, hace la compra, saluda a los vecinos, vuelve, hace la comida, recoge los platos y luego se tumba frente al televisor junto a Gómez, que para entonces está disfrutando de su quinto programa favorito del día.

Así es la vida de Liliana y su gato. Normal, muy normal. Tanto, que casi se le olvida usar la magia porque ¿quién necesita magia cuando tiene televisor, lavadora y horno de microondas?

Pero un día ocurrió algo muy raro.

Una mañana Liliana se despertó sobresaltada por un ruido extraño. Un ruido terrible.

—¡Salamandras fritas! —exclamó—, debe ser un terremoto. Y saltando de la cama se asomó a la calle.

No era un terremoto. Se trataba de una cuadrilla de trabajadores que estaban construyendo un edificio muy grande justo delante de su ventana. Tres hombres que manejaban unas taladradoras

potentísimas que hacían temblar toda la casa.
También había unos muchachos que martilleaban.
Y más allá alguien había puesto la radio a tal
volumen que atronaba aún más los oídos.

—¡Sapos y culebras —gritó tapándose las
orejas—. Ahora mismo voy a convertir en
cucarachas a esos ruidosos. Hace lo menos mil
años que no uso este encantamiento. A ver, a
ver… ¿Cómo eran las palabras mágicas?

Pelos de rata
patas de chinche
que cese ahora...
¡este bochinche!

Pero no pasó nada.

—¡Qué raro! —dijo Liliana mirando su dedo mágico—. No me ha salido el encantamiento. Y eso que era uno fácil. ¿Has visto, Gómez? Tu ama no ha logrado convertir en cucaracha a esos mortales.

Pero Gómez no respondió nada pues estaba muy ocupado viendo un programa matinal de gimnasia.

Liliana no quiso darle más importancia al asunto. "Debo estar un poco débil", se dijo. "Tal vez se deba a los batidos que tomo para adelgazar. Tengo que acordarme de presentar mi queja al farmacéutico cuando lo vea." Y sin pensar más en ello salió de casa.

Sin embargo, una vez en la calle pasaron más cosas desagradables.

Allí Liliana vio que había un gran embotellamiento. Un embotellamiento enorme. *Piiiiii*, protestaban los camiones, y los autobuses echaban humo negro y dentro de uno de ellos todos los niños que iban camino del colegio se habían puesto a gritar porque estaban muy, muy aburridos.

"Cuánta gente", se dijo. "Los mandaré a todos a sus casas para poder pasear a gusto. Vamos a ver, vamos a ver…" Y señalando con otro de sus mágicos dedos entonó:

Potaje caliente
bigotes de rana
quiero que esa gente...
¡vuelva a su cama!

Y por segunda vez no pasó nada.

Entonces Liliana se miró el pulgar derecho y lo encontró más verde de lo normal. Ese dedo es el que usan las brujas para hacer este tipo de encantamientos. Ella lo sabía muy bien. Se lo había dicho su madrina Ágata que lo aprendió de la bruja Carlota que se enteró por su abuela Raimunda que a su vez lo escuchó de la gran Enriqueta que era la más grande de todas las brujas.

—Vaya, vaya —dijo Liliana—. Me parece que este dedo está completamente descargado y eso que anoche lo remojé bien en poción mágica. Tendré que pedir hora con el médico brujo. ¡Qué contrariedad!

Pero lo malo no fue eso, pues el doctor enseguida encontró cura para su dedo. Lo malo fue que desde ese día le empezaron a molestar un montón de cosas que hasta ahora no parecían importarle.

Le molestaban los coches con sus humos y sus bocinas.

Le molestaban las basuras que veía por la calle.

Y las aceras levantadas.

Y los ruidos.

Y hasta las personas con las que se cruzaba en la calle le parecían muy antipáticas.

Un día Liliana ya no pudo más.

—¡Basta! —gritó.

Y Gómez, que en ese momento disfrutaba

viendo un concurso, se pegó tal susto que de un salto quedó colgado de las cortinas del salón.

—Estoy harta de la ciudad. No aguanto los ruidos, ni el tráfico, ni lo sucio que está todo. Desde el tiempo de las Cruzadas no encontraba este mundo tan molesto, Gómez —dijo mirando al minino que la observaba furioso trepado a una cortina de flores—. Nos vamos de aquí. De ahora en adelante viviré en el campo como mis antepasadas, las brujas de antes.

A Gómez el plan no le gustó mucho. Él era

un gato urbano. Además, tenía alergia a casi todo. Alergia al jabón, alergia a las acelgas y, sobre todo, sobre todo, alergia a los ratones.

—Espero que no haya ratones en el campo —comentó Gómez mientras empaquetaba el

televisor con mucho cuidado para que no se rompiera en el traslado.

—No te preocupes —le respondió Liliana—. Si vemos alguno lo convertiré en polilla. ¿Qué te parece?

—Mejor que sea en hormiga —retrucó Gómez—. Las polillas tampoco me gustan. Podrían comerse mi elegante abrigo de lana.

Por fin llegó el día de la partida. Gómez y Liliana llenaron el coche de maletas, de trastos. Sin olvidar ni las plantas, ni el lavavajillas, la cocina, el microondas ni, por supuesto, el televisor.

—¡Adelante! —gritó Liliana—. Nos vamos al campo.

Subieron montañas, bajaron valles, atravesaron ríos y por fin llegaron a un pequeño bosque que estaba lejos, muy lejos de toda ciudad.

—Aquí es —dijo Liliana consultando un mapa—. Unos metros a la derecha, entre aquellos árboles tan grandes, debe estar la casa que el Consejo de Brujos nos ha asignado. ¿Alcanzas a verla, Gómez?

Gómez se puso las gafas para ver de lejos. Entre los pinos se veía una silueta negra pero, no podía ser. No podía ser… aquello.

Sí, allí estaba, era una cabaña chiquitita y un poco torcida con ventanas tan grandes que era seguro que entraría un frío espantoso.

—¡Por las barbas de mi abuelo Gumersindo! —exclamó—. ¿Pero qué clase de casa es ésta?

—Una casa de campo —dijo Liliana—. Una preciosa casa de campo. Mira, ¡pero si hasta tiene techo de paja!

—¿Y tendrá antena de televisión? —preguntó Gómez angustiado—. ¿Y secador de pelo? ¿Y teléfono?

No, en realidad no tenía nada de eso pero a Liliana no le importó porque ella era bruja y podía usar su magia para solucionar muchos problemas.

Aun así, ella y Gómez trabajaron muchísimo los días siguientes. Y tuvieron que emplear la magia a todas horas. Magia para limpiar los cristales que casi habían desaparecido tras las telas de araña. Magia para quitar el polvo porque no había electricidad para el aspirador. Magia para lavar los platos porque tampoco había agua caliente, y magia sobre todo para contentar a Gómez que estaba furioso pues no podía ver la televisión.

Cuando ya estuvo todo listo, Liliana miró a su alrededor y sonrió. Había quedado muy bien. Ahora había cortinas en las ventanas, un comedor con cuatro sillas por si alguna vez caía por esos pagos alguna bruja de visita, y dos sofás. Uno muy cómodo para Liliana y otro más grande para que

Gómez pudiera dormir la siesta a pata suelta. Ella estaba muy contenta y Gómez también, aunque él no lo demostrara porque le gustaba hacerse el gruñón.

—Hasta mañana —dijo la bruja con un bostezo—. Mañana será nuestro primer día en el campo, ya verás qué estupendo va a ser.

Y así fue. Los primeros días fueron maravillosos. ¡Qué bien se estaba en el campo! Allí no había coches ni ruido. Además, aunque no tenían las comodidades de la ciudad, como teléfono y electricidad, la magia de Liliana hacía que todo funcionara. Gómez podía incluso ver muchos de sus programas favoritos. Y es que ella se había traído al campo muchas pastillas de caldo, que es con lo que las brujas de ciudad preparan sus pociones mágicas. Las pociones son lo más importante para las brujas porque con ellas recargan sus dedos mágicos. Esto es un secreto y muy poca gente lo sabe: por las noches las brujas meten un ratito cada uno de sus dedos en un líquido distinto y luego ya pueden hacer toda clase de encantamientos. Encantamientos para cosas divertidas como inventarse una aventura de piratas en la bañera del cuarto de baño. Y también encantamientos que sirven para cosas aburridas, por ejemplo tener los dientes brillantes sin tener que acordarse nunca, nunca, de cepillárselos.

Sí, las pociones mágicas son muy útiles para las brujas, como muy pronto iba a descubrir Liliana.

Pero un día, al ir a la cocina a preparar unas pócimas para recargar sus dedos mágicos, Liliana vio que ya no le quedaban pastillas de caldo. Bueno, en realidad le quedaba sólo una de sabor a

verduras, que sólo sirven para los encantamientos menores como limpiar manchas o hacer volar una escoba. ¿Y qué utilidad podía tener esa pastilla? Todo estaba limpísimo en la casa y en cuanto a viajar en escoba, ella era una bruja moderna, una bruja de ciudad; hacía siglos y siglos que no utilizaba tal sistema. Ni siquiera tenía escoba, usaba aspirador.

"Vaya, vaya", se dijo. "¡Qué contrariedad! Tendré que llamar al supermercado de brujos para que me manden más pastillas de caldo."

Pero no había teléfono.

"Vaya, vaya", repitió. "Otra contrariedad. No me queda más remedio que intentar un sortilegio para comunicarme con el supermercado. Espero que mi dedo mágico no esté muy descargado y que me salga bien. Vamos a ver…"

Escobón, plumero y escobilla
un mensaje he mandado
Brujo del supermercado
envíame… ¡caldo en pastilla!

El sortilegio salió, pero sólo a medias. El brujo del supermercado apareció furioso.

—¡Por mis barbas de chivo! ¿Qué clase de bruja eres que me sacas de la bañera con un sortilegio tan chapucero?

En efecto. El brujo del supermercado estaba todo enjabonado y furioso. Tanto, que cuando Liliana le explicó lo que necesitaba él gritó:

—¡¿Cómo que necesitas pastillas de caldo?! ¿Dónde se ha visto que una bruja de campo utilice esas cosas? Tú ya no eres una bruja de ciudad, querida. Ahora tendrás que arreglarte con esto.

Y diciendo unas palabras mágicas, el brujo desapareció dejando sobre la mesa de la cocina un viejo libro algo húmedo que aún olía a champú.

—¡Miau! —exclamó Gómez que había visto
todo escondido bajo la mesa de la cocina, por si al
brujo del supermercado se le ocurría convertirle en
ratón o algo igualmente espantoso—. ¿Qué libro
es éste? —y luego leyó con cierta dificultad—:
*Magia e-le-men-tal. Libro de conjuros para brujas
de campo.*

Cuando los dos se pusieron a hojear el libro vieron que contenía muchos sortilegios pero ninguno parecía servir para las cosas que necesita un brujo moderno. No había sortilegios para evitar el cepillarse los dientes, por ejemplo, ni para inventarse batallas de piratas en la bañera. Ni siquiera lo había para que se hicieran solas las camas. ¡Y no digamos para hacer funcionar la tele o echar gasolina al coche! Además, aunque sí había algunos conjuros caseros útiles, como uno para limpiar los cristales y otro para lavar la ropa, los ingredientes que se necesitaban para prepararlos eran, eran...

—¡Horribles! —dijo Gómez—. Mira esto. Si quieres que tu dedo mágico haga las faenas de la casa primero tendrás que sumergirlo en una pócima que lleva: alas de hormiga, seis tréboles de cinco hojas y... ¡Oh, oh!, pelos de ratón gris —terminó Gómez—. ¡Es lo más horrible que he oído en mi vida! ¿Qué vamos a hacer?

Sin embargo, Liliana no era una bruja de ésas que se dan por vencidas fácilmente.

—Tú quédate aquí —dijo mientras se calzaba

unas botas. Luego, al pasar, recogió el libro del brujo y un cesto—. Ahora soy una bruja de campo. ¡Como antes! Como cuando era una niña de 350 años. Ya verás cómo vuelvo con todo lo necesario.

Y salió de casa dejando a Gómez terriblemente preocupado.

Liliana aquel día trepó rocas y bajó valles. Revolvió entre la maleza en busca de las cosas que

pedía el libro, pero no encontró todas. Algunos de los ingredientes que mencionaba el libro estaban en lugares muy difíciles de llegar y ella no estaba acostumbrada a andar por esos sitios. Una vez se le enganchó el tacón del zapato en un agujero y otra casi se muere del susto cuando se encontró de bruces con un oso. Menos mal que estaba muy ocupado lamiendo un panal de miel porque si no ¡quién sabe lo que le hubiera ocurrido!

Más tarde pasaron otras cosas. Se sentó en un hormiguero, luego pisó un charco. Y después de tres o cuatro horas de búsqueda, con el cesto aún medio lleno, descubrió que estaba muy cansada, por lo que decidió sentarse un rato a descansar. Pero enseguida llegó un enjambre de mosquitos campestres que picaban muchísimo y tuvo que irse a la carrera pues su dedo mágico no le funcionó. Y así, cansada y rascándose las orejas picoteadas volvió a su casa.

Al entrar en la salita encontró a Gómez muy furioso. Había intentado lavar los platos del desayuno pero, como ya no tenían magia, tuvo que hacerlo a mano y él era alérgico al jabón.

—¡Contento me tiene la vida campestre!
—dijo con un estornudo—. ¡Y ni siquiera he
podido ver un poquitín de televisión en todo el
día! Yo no sé cómo vamos a vivir ahora que se nos
han acabado las pastillas de caldo.

—No tienes que preocuparte de nada —le
tranquilizó Liliana—. He estado en el campo y he
recogido muchas cosas para hacer encantamientos.

¿Quién necesita pastillas de caldo cuando se tienen productos naturales? ¡Mmm! ¡Mira qué hermosura!

Y Liliana fue poniendo sobre la mesa todo lo que había recogido: arena de hormiguero, algunos tréboles de seis hojas, colas secas de lagartija y otras cosas más.

—Lo primero que voy a hacer —dijo— es prepararme una loción para las picaduras de mosquito. Espero que el libro tenga alguna receta fácil.

Al consultarlo, Liliana y Gómez vieron con alegría que sí traía un encantamiento muy bueno para curar las picaduras de mosquito y otro también muy simple para hacer que los platos del desayuno se lavaran solos. Así es que decidieron poner enseguida manos a la obra.

—Acércame, por favor, esos calderos —dijo ella señalando dos calderos viejos y oxidados que habían colgado de la chimenea como decoración.

—¿Por qué no utilizas la olla express como hacías en la ciudad? —preguntó el gato.

—Vamos —dijo Liliana—. ¿Dónde has visto

una bruja de campo que use olla express. Trae
aquí los calderos.

Al cabo de un rato ya habían comenzado a
preparar las pociones, y digo empezado porque las
recetas, aunque llevaban ingredientes bastante
sencillos (nada de pelos de ratón y cosas horribles
que asustaban a Gómez), eran muy lentas de
preparación. Además, para colmo, había que
estarlas revolviendo sin parar por espacio de cinco
horas.

—¡Uff, qué agotamiento! —se quejaba Gómez sudando a todo sudar.

—¡Qué complicada es la brujería campestre! —añadía Liliana.

Y los dos revolvían y revolvían los calderos.

Por fin las dos pociones estuvieron listas para que Liliana remojara en ellas sus dedos. La que servía para acabar con las picaduras de mosquito era naranja y espesa. La otra, la que utilizarían para que los platos se lavaran solos, era suave y de color verde. Liliana hundió un pulgar en cada una

de ellas y esperó el tiempo preciso para cargar sus dedos mágicos. Consultó el reloj, esperó un poco más y por fin decidió que ya era hora de probar su magia campestre.

Entonces se puso de pie, apuntó un dedo mágico a su oreja derecha que era la más picoteada, y dijo:

Mil mosquitos me han picado
¡caracoles, almejas y conchas!
por este conjuro yo ordeno
que me desaparezcan... ¡las ronchas!

Y desaparecieron, sí, pero sólo para convertirse en unos anillos azules muy grandes que casi no le cabían en la cara.

A Gómez aquello le dio mucha risa, y se echó a reír a carcajadas sin intentar disimular ni un poco, por lo que Liliana se enfadó. Se enfadó tanto que apuntó a Gómez con el otro pulgar, el que había estado remojado en la poción mágica de las faenas caseras. Dijo unas palabras mágicas muy, muy antipáticas, y...

Y la cabellera de Gómez, normalmente tan suave y sedosa, quedó convertida en un estropajo lleno de jabón, por lo que irremediablemente comenzó a estornudar.

—¡Oh! —exclamó Liliana.

—¡Oh, qué horror! —dijo Gómez intentando ponerse las gafas de cerca para ver mejor aquel espanto—. Sí que estamos feos. ¿Qué haremos ahora?

Verdaderamente no resulta nada fácil pensar con sensatez cuando uno tiene la cara llena de

anillos azules, y menos aún cuando a uno la pelambrera se le ha convertido en un estropajo con jabón y todo; pero aun así Liliana y su gato lo intentaron. Sin embargo, ya se sabe, cuando las cosas empiezan a ir mal, muchas veces empeoran y empeoran…

—Mira qué desastre —dijo Gómez—. Ahora resulta que empieza a llover.

Y llovió y llovió hasta que el bonito techo de paja se hundió un poquito, entonces empezó a llover también dentro de la casa.

Liliana y Gómez miraban todo esto sin saber qué hacer. Le dieron muchas vueltas a la situación y al cabo de un rato Liliana dijo:

—Mira, Gómez, he estado pensando que está muy bien esto de vivir en el campo. Aquí no hay ruidos, ni coches, ni gente chillona, pero la verdad es que tú y yo somos un desastre como brujos campestres. No sabemos usar el libro que nos dejó el brujo del supermercado. No sabemos hacer magia si no es con caldo en pastilla, somos brujos de ciudad, llevamos siglos viviendo entre ruidos,

humos y todo eso. ¿Qué te parece si volvemos a casa?

Aún no había terminado de decir estas palabras cuando vio que Gómez estaba empaquetando todo, la cocina, el microondas, el televisor…

—Pero, ¿cómo volveremos a casa? —preguntó él de pronto—. Con esta magia chapucera nunca, nunca, lograremos hacer gasolina para que funcione el coche. Tendremos que quedarnos aquí hasta que alguien venga a rescatarnos. ¡Por mis barbas de gato, pueden pasar siglos!

Realmente la situación parecía desesperada. Los dos se sentaron muy tristes a mirar el caldero donde cocía la poción naranja sin saber qué hacer. Pero de pronto, del caldero salió una burbuja grande, redonda, naranja. Y de la burbuja una idea y la idea era genial.

Sí, parecía como si la magia campestre hubiera decidido ayudar a Liliana y a su gato a volver a la ciudad, porque en aquella burbuja aparecía… aparecía la imagen de una pastilla de caldo (de caldo de verduras por más señas).

—¡Ahora recuerdo! —exclamó Liliana—. ¡Cómo pude olvidarlo! Pero si aún nos queda una pastilla. Es de caldo de verduras, así que sólo sirve para hacer encantamientos menores, pero yo creo que puede ayudarnos a salir de este apuro.

Entonces Gómez se apresuró a traer la pastilla de la alacena y trajo también la olla express. Pocos minutos más tarde un aroma familiar inundaba la cocina. Era un aroma a poción mágica de bruja de ciudad.

—Cuando haya terminado de cocer meteré mis dedos mágicos a remojo y ya verás que pronto regresamos a casa.

—¿Lograrás quitarme este aspecto y que mi pelo vuelva a ser suave y sedoso? —preguntó Gómez.

—Bueno —respondió ella—. Esta pastilla sólo
sirve para hacer encantamientos sencillos como
limpiar manchas o hacer volar una escoba.

Y cuando dijo "escoba" a Liliana se le
encendieron los ojos como por arte de magia.

—¿Te das cuenta, Gómez? Podemos volver a
la ciudad utilizando este antiguo método de
transporte que tan propio es de los brujos. Mira,
abajo en el desván queda una vieja escoba toda
despeluchada. ¡Seguro que consigo hacerla volar!

Pero Gómez era un gato moderno:

—¡Ah, no! —dijo cruzándose de brazos—. No
pensarás que yo voy a volver a casa montado en
una ridícula escoba voladora, ¿verdad? ¿Qué
pensarían los vecinos si me ven pasar delante de
su ventana así y con estos pelos atroces? Además,
yo me mareo viajando en escoba. ¡Ni hablar!

—Lo comprendo —repuso Liliana mirándole
de reojo—. Supongo que en ese caso tendremos
que quedarnos aquí. Voy a buscar mi libro de bruja
campestre para prepararte la cena. Creo que hay
una receta muy buena a base de hormigas y colas
de lagartija…

No había terminado de pronunciar la palabra "lagartija" cuando Gómez ya estaba sentado en la escoba preparado para el viaje e intentando mantener un aire digno a pesar de su aspecto.

Liliana y Gómez volaron, volaron hacia la ciudad.
Y muy pronto vieron aparecer los primeros
rascacielos, los humos y los atascos.

Pero también aparecieron otras cosas que hay
en las ciudades, como cines y parques, también
teatros, pistas de patinaje, hamburgueserías,
estadios de futbol, piscinas, pistas de tenis,
montañas rusas, columpios…

Gómez sonrió feliz.

—¡Mira que atasco tan bonito! —exclamó—.
¡Cómo me gusta el ruido, los humos…!

—No seas tonto, Gómez, eso no le gusta a
nadie, pero me alegro de estar otra vez en casa.

Entraban ya por la parte norte de su calle,
volando muy alto para que no pudieran verles los

vecinos con aquellas pintas, montados en una
vieja y sucia escoba, y entonces Liliana miró hacia
atrás. Desde allí pudo ver los bosques tan verdes,
las grandes llanuras que dejaban a su espalda y
suspiró:

—Nunca me había dado cuenta de que cerca de la
ciudad existen también muchos paisajes bonitos.

Mira allí hay un lago y una arboleda donde ir a pasear cuando nos cansemos de la vida de ciudad. ¿Qué te parece si volvemos uno de estos días?

—¿Yo? ¡Ni siquiera de picnic! —exclamó Gómez rascándose la pelambrera llena de jabón. Pero luego lo pensó mejor y a regañadientes, porque era muy gruñón, dijo—: Bueno… debo reconocer que a mí también me gustó el campo un poquito.

Ya estaban llegando a casa. Dentro de muy pocos minutos aterrizarían sobre el balcón de su departamento tan cuidado, con las jardineras llenas de geranios rojos, rosas y lilas…

Liliana se bajó de la escoba. Todavía tenía la cara llena de ronchas azules pero ya no le importaba pues por fin estaban de regreso.

—Perdona, Gómez, ¿qué me decías?

El gato gruñó: —¡Nada, hum! Nada.

—Vamos, repite lo que has dicho.

—Está bien, reconozco que me gusta un poquito el campo —dijo Gómez, y luego, al ver que Liliana se reía de él, añadió:

—¡Bueno, basta ya! Me gusta mucho… Pero

sólo si hay a mano un montón de pastillas de caldo. Ahora vamos adentro, ¡me muero por un baño caliente con muchas sales!, y dime, Liliana, ¿tú crees que seguirán poniendo en la tele mi programa favorito de las nueve y media? ❖

Este libro se terminó de imprimir y encuadernar
en el mes de diciembre de 1996 en Impresora y
Encuadernadora Progreso, S. A. de C. V. (IEPSA),
Calz. de San Lorenzo, 244; 09830 México, D. F.
Se tiraron 6 000 ejemplares.